AF339679

LES JOURNALISTES

INT... CALOMNIATEURS

Démasqués,

SUIVIS

Du Journaliste tel qu'il devrait être,

Par F.-F. LEGRAND, D'ORLÉANS,

Élève de la Nature,

AUTEUR DE PLUSIEURS OUVRAGES.

Pour l'honneur et pour leur patrie
Ils ne font rien pendant leur vie ;
Mais ils font tout pour de l'argent ;
Sans lui l'on est sot et méchant.

PRIX : 50 CENTIMES.

PARIS,

CHEZ L'AUTEUR, RUE SAINT-DENIS, N° 394 ;

LE ROUX, GALERIE COLBERT, N° 3 ;

BRÉAUTÉ, PASSAGE CHOISEUL, N° 60 ;

GUÉRY, BOULEV! DES ITALIENS, N° 51.

1830.

CARPENTIER-MÉRICOURT, IMPR.-LIBRAIRE,
RUE TRAÎNÉE-SAINT-EUSTACHE, Nº 15.

PRÉFACE.

—

Je sais qu'en mettant au jour mes Pensées sur les Journalistes intrigans et calomniateurs, je m'attire autant d'ennemis de mauvaise foi qu'il y en aura qui se reconnaîtront dans ma brochure; jamais de tels hommes ne sont impartiaux dans leurs écrits. Tous les jours dans leurs feuilles injurieuses, ils vont dire de mes ouvrages et de moi tout le mal possible, j'en ris d'avance; j'écris pour l'utilité sociale et non par état; dire la VÉRITÉ ET MOURIR, est ma devise. Je veux démasquer l'hypocrisie, attaquer les vices, c'est la tâche que je me suis imposée, quels que soinet les dangers que je pourrai courir en voulant la terminer ; rien ne pourra m'arrêter tant que mes idées se présenteront pour combattre les hommes faux et les abus.

Si je fais paraître cet opuscule, c'est que souvent, dans certaines feuilles, l'homme et le mérite sont outragés par de vils folliculaires qui se cachent sous le voile de l'anonyme.

Je suis loin de penser que parmi les journalistes il n'y ait pas des hommes de mérite : les vers qui composent cet opuscule, ne s'adressent qu'à ceux qui, pour de l'argent, des honneurs ou des présens, sont de tous les partis, qui ne ménagent aucune réputations et calomnient ceux qui ne veulent point s'abonner à leurs feuilles, ni leur faire des présens, lorsqu'ils font paraître de nouveaux ouvrages. S'il n'y avait point parmi les journalistes des hommes d'honneur, notre belle patrie serait bientôt réduite en cendres par les feux de la guerre civile, que les autres excitent par leurs écrits incendiaires. Nous sommes dans un siècle où dans tous les rangs et dans toutes les classes on lit les journaux. C'est en partie sur leurs rapports qui se fixe l'opinion publique; ce sont encore eux qui mettent ou qui ôtent la confiance dans le commerce : donc, si les journalistes ne rapportent que des nouvelles tirées de leur esprit factieux et injurieux, ceux qui n'ont pas leur même façon de penser, détruisent le bonheur de leurs concitoyens, et sont plus à craindre qu'une épidémie, qui ne fait de mal que dans l'endroit où elle existe, tandis que les journaux se répandent partout. Mais on a des preuves qu'il existe des journalistes qui préfèrent la misère à l'opprobre, que rien ne peut séduire, qui se font un devoir de consacrer leurs veilles et leur génie à défendre l'opprimé, à faire respecter les lois et prospérer les arts dans leur pays, sans nul intérêt personnel, mais pour le bien de l'humanité.

Les Journalistes

INTRIGANS ET CALOMNIATEURS

Démasqués.

Plume à Vendre,

OU

LE JOURNALISTE COMME IL Y EN A BEAUCOUP.

Plume à Vendre, je le puis dire,

Est l'homme le plus dangereux ;

L'appât du gain le fait écrire

Contre la Justice et les Dieux ;

L'honneur est pour lui peu de chose,

A tous les partis il se vend,

Contre l'heureux génie il glose,

S'il ne reçoit point un présent ;

Avec personne il n'est sincère,

Du vrai mérite il est jaloux,

Il médirait contre sa mère

Pour une pièce de cent sous ;

Dans son âme est la perfidie,

Dans son langage, il a l'air franc ;

Il ne fait rien pour la patrie,

Il écrit pour le plus offrant.

Il donne aux noirs crimes des charmes ;

Pour lui, la vertu n'est qu'un nom ;

Sur les plus terribles alarmes,

Il va vous faire une chanson ;

Il est la boîte de Pandore,

Il attaque tous les humains ;

C'est toujours en vain qu'on l'implore,

Sans de l'argent à pleine mains,

Sous le voile de l'anonyme,

Il outrage l'homme d'honneur ;

Si son style est parfois sublime,

Ses maximes nous font horreur ;

Jamais chez lui n'est le courage,

Et c'est dans l'ombre qu'il écrit ;

La candeur est sur son visage,

La trahison dans son esprit.

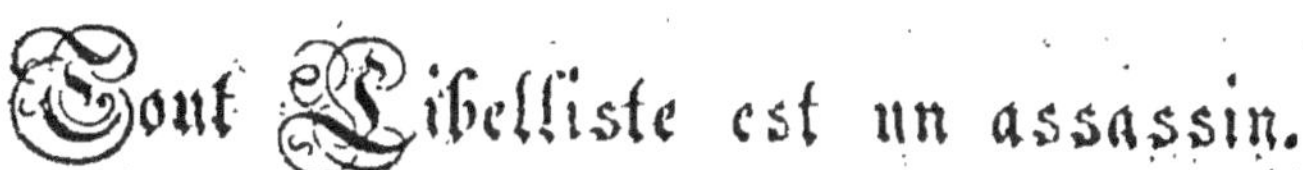

Tout Libelliste est un assassin.

Le libelliste et l'assassin

Peuvent bien se donner la main ;

Le libelliste calomnie,

L'assassin nous ôte la vie ;

D'un mortel outrageant l'honneur,

N'est-ce pas lui percer le cœur.

Le Folliculaire

COMME IL Y EN A BEAUCOUP.

Troublé-Fête est un vrai renard,

Dans tout il met de l'artifice ;

Ces écrits sont couverts d'un fard

Qui masque la laideur du vice ;

Avec l'impartialité

Il ne fit point connaissance,

Pour qu'il dise la vérité,

Il faut qu'il soit payé d'avance ;

Aussitôt qu'un auteur paraît,

Serait-il le plus savant homme,

Qu'il veut le montrer imparfait,

Pour en avoir la moindre somme ;

Un sot, lui donnant de l'argent,

Par un écrit sans éloquence,

Il veut prouver qu'il est savant,

Et que la morale est licence ;

Pour voir un seul trait généreux

De ce pauvre folliculaire,

De Lyncée il faudrait les yeux,

Et du destin le savoir-faire ;

Dans son âme jamais l'honneur,

De se fixer n'a l'espérance ;

Il a pour toujours en horreur,

L'amour du bien, la tolérance.

L'Écrivain factieux.

Jamais l'écrivain d'un parti,

Dans ses écrits n'est raisonnable ;

Qui ne pense pas comme lui

Est, à ses yeux, toujours coupable.

Le Pouvoir
DU VRAI GÉNIE.

Avec le secours d'Apollon,

Je prouve que le vrai génie,

Sait rendre l'homme toujours bon,

Et fuir le joug de l'infamie;

C'est l'être d'un esprit changeant

Qu'avec de l'or on peut séduire;

Que la menace d'un méchant,

Contre l'honneur lui fait tout dire.

Ni la fortune ni la mort

N'ont de pouvoir sur le génie;

Il sait braver les coups du sort,

Avec la plus noble énergie;

Lorsqu'il s'agit de son honneur,

Il ne montre point de faiblesse;

Du plus grand supplice l'horreur,

Ne lui fait faire une bassesse;

Ce n'est que le faible talent

Que l'on séduit par des largesses;

Pour s'éviter un seul tourment,

Il va commettre cent bassesses;

Pour obtenir l'appui des grands,

Sur leurs sujets il va médire;

Le vrai génie, en aucun temps,

Un libelle ne veut écrire.

++

Le Dictionnaire d'Injures.

Pour apprendre à dire une injure,

Parcourez deux ou trois journaux;

Vous y trouverez, je le jure,

Pour dire du mal, tous les mots.

Portrait

DU JOURNALISTE T***.

Trompe-Partout a de l'esprit,

Mais il est plein d'artifice ;

Dans ces filets lorsqu'on est pris,

L'on ne sort plus du précipice ;

Il prend tous les masques qu'il veut,

On croit qu'il est sincère

Au moment qu'il fait ce qu'il peut

Pour nous plonger dans la misère ;

Quand on lui prête un manuscrit ,

Il en dérobe quelque chose ;

Son cœur est bon , à ce qu'il dit,

Et contre tout le monde il glose ;

Il promet tout ce que l'on veut,

Mais ne tient jamais sa parole ;

De nous trahir il fait le vœu,

De l'honnête homme il prend le rôle;

Il vante partout son honneur,

Il ne va que chez l'homme en place

Dont il est le lâche flatteur;

Et nul mortel n'a plus d'audace.

Il fréquente tous les partis,

A tous il donne gain de cause;

Il n'aima jamais son pays,

Il se vend pour la moindre chose;

Pour l'appât de quelques cents francs,

Il va composer un libelle;

Les écrits les plus outrageans

Pour lui sont une bagatelle;

Contre le divin créateur

Il inventerait un ouvrage,

S'il lui trouvait un acquéreur;

Le vice est son seul apanage.

Au Journal

Intitulé Le Voleur, Gazette, etc.,

Qui dans son N° du 10 août 1829 m'insulta person-
nellement en annonçant un de mes ouvrages, et
n'a pas voulu se rétracter sur la réclamation que je
lui ai adressée deux fois.

Il te sied bien, compilateur,
De me nommer pauvre génie,
Mais aurais-tu quelque valeur
Sans ton insigne volerie;
Partout tu pilles ton savoir,
Et tu montres ton insolence,
Tu te pavanne de pouvoir
Dérober en pleine licence;
Eternel emprunteur d'esprit,
Quand le tien voudra-t-il paraître?

Dans le fait, il est si petit

Qu'il n'ose se faire connaître ;

Il outragerait la raison

Et blesserait la bienséance ;

Ton esprit est comme ton nom,

Tout le monde craint sa présence.

Mépriser un vil imposteur

Et rire de son avanie,

Est ce que fait l'homme d'honneur ;
Je ris donc de ta calomnie.

✦✦✦

Couplets au même.

AIR : *Mesdames passez-moi le mot.*

Pauvre Voleur il te sied bien,
Contre moi de vouloir écrire ;
Mais peut-on, quand on ne sait rien,
Prendre le ton de la satyre.

L'esprit semé dans ton journal,

Tu le dérobes au génie ;

Tu ne sais que dire du mal,

Et tu n'aimes que l'infamie.

Si mon esprit n'est pas très-grand,

Le peu qu'il fait, je le puis dire,

Chez nul auteur il ne le prend ;

C'est à lui ce qu'il veut écrire.

Il n'aime que la vérité,

Non comme toi la médisance,

Sa devise est l'utilité ;

Tu ne chéris que la licence.

Ton vil article (*) contre moi

N'est qu'une noire calomnie,

(*) Voyez son Nº du 10 août 1829.

En te lisant l'on dit de toi

« C'est le journal de l'avanie,

» Le peu qu'on y trouve de bon

» Est pris chez l'auteur estimable. »

Quiconque porte ton surnom

Ne fait rien qui ne soit blâmable.

Le Journaliste et l'Avare.

Un journaliste sincère,

Un avare généreux,

Pour en trouver sur la terre

Il faut un pouvoir des Dieux.

L'argent seul est leur idole ;

On n'est ni sot, ni méchant,

Lorsqu'on veut jouer un rôle

En leur faisant un présent.

Impromptu

AU JOURNALISTE M***,

Qui croyait me dire une injure en me surnommant
Philantrope.

Tu veux me dire une sottise

Et tu me fais un compliment;

Mon cher, juge de ta bêtise,

Et connais ton peu de talent :

Vrai philantrope, tu me nomme;

Pour moi ce surnom est flatteur.

Apprends qu'on appelle ainsi l'homme

Qui des mortels veut le bonheur.

⬦✦⬦

L'Écrivain vertueux.

Jamais un auteur vertueux

N'écrira contre l'innocence;

Si son génie a quelque feux,

Il s'en sert contre la licence.

Le Libelliste.

Un libelliste outrage la nature,

Pour lui toujours l'honneur est un vain nom ;

Dans ses écrits on ne trouve qu'injure,

Tout l'univers se sent de son poison.

Pour un peu d'or il est l'homme à tout faire,

Il trahirait ses parens, son pays ;

Il est jaloux de l'être qui prospère,

Les hommes vils sont ses dignes amis.

Le Faux critique.

Si contre nous on fait une satire,

Quand elle est juste estimons-en l'auteur ;

Ne l'étant pas, nous ne devons qu'en rire,

Un faux critique est fait de son lecteur.

Le Journaliste

TEL QU'IL DEVRAIT ÊTRE.

Un journaliste en tous les temps devrait

Dans ces écrits n'attaquer que le vice,

Sans prétention nous rapporter un fait,

Des écrivains dévoiler l'artifice;

Pour tout auteur n'être qu'impartial,

De sa critique exiler la licence,

Nommer celui qui se plait dans le mal;

Et soutenir le talent, l'innocence

FIN.

Ouvrages du même Auteur :

Le Portrait de la Femme, etc., présenté à **S. A. R.** MADAME, duchesse de Berry; 3ᵉ édition. Prix : 75 cent.

Stances à l'Éternel sur les principaux devoirs de l'homme. Ces Stances font partie de la bibliothèque de la Société pour l'Instruction élémentaire. Prix : 50 cent.

Le Troubadour volage, ou l'Art de plaire aux Femmes, de se venger des ingrates et des infidèles. Prix : 1 fr. 25. cent.

Pour paraître incessamment.

Le Vrai Patriote; Quel est le meilleur gouvernement; et l'Écrivain tel qu'il devrait être, avec cet épigraphe :

> On prouve l'amour qu'on a pour son pays et pour le bien de l'humanité, lorsque, sans intérêt personnel et sans amour-propre, on sacrifie pour eux sa fortune et sa vie.

9 782013 024921